Detektivgeschichten
mit Pepe und Max

Geheimnisvolle Briefe

MIT GEHEIMSCHRIFT FOLIE

Eva Christian &
Martina Burghart-Vollhardt

circon

Baierbrunner Straße 27, 81379 München
Ausgabe 2020

Text: Eva Christian
Illustrationen: Martina Burghart-Vollhardt
Redaktion: Felicitas Szameit
Produktion: Ute Hausleiter
Titelabbildung: Martina Burghart-Vollhardt
Gestaltung: Roman Bold & Black, Köln
Umschlaggestaltung: Enrico Albisetti

ISBN 978-3-8174-2498-6
381742498/1

Besuchen Sie uns auf Instagram und Facebook: circonverlag

www.circonverlag.de

Die verschwundene Fibel

Pepe und Max sind Detektive. Sie
haben schon ein paar Fälle gelöst.
Pepe ist besonders schlau.
Max weiß auch viel.
Aber er ist auch
sehr sportlich.

Heute sind Pepe und Max etwas zu früh in der Schule. Sigi ist auch schon da. Sie guckt in Regale und unter Tische.

„Was ist denn los?“, erkundigt sich Pepe.

„Meine Fibel ist verschwunden“, sagt Sigi. Sie hat Tränen in den Augen.

„Wir sind Detektive“, sagt Max. „Wir helfen dir.“
Sofort suchen die beiden Jungen nach der Fibel. Doch das Buch ist nirgends zu sehen.

Jetzt kommen auch andere Schüler in die Klasse. Pepe und Max bitten alle um Hilfe. Aber niemand hat die Fibel gesehen.

Da kommt die Lehrerin Frau Kramer in die Klasse. Bedrückt erzählt Sigi ihr von der verschwundenen Fibel. Plötzlich ruft Luca aus der letzten Reihe: „Schau mal, was da liegt!“

Auf der Fensterbank liegt Sigis Fibel. Pepe wundert sich: Wie ist die Fibel dort nur hingekommen?

Warum wundert sich Pepe?

Eine merkwürdige Botschaft

In der Pause sagt Pepe nachdenklich zu Max: „Die Fibel lag vorher nicht auf der Fensterbank."

Da kommt Sigi gelaufen. Sie sieht ganz erschrocken aus.
Sigi zeigt Pepe und Max einen Zettel. Darauf steht: „Ich finde dich tot“. Den Zettel hat Sigi in der Fibel gefunden.
Warum droht ihr jemand?

Pepe und Max nehmen die Fibel und den Zettel. Das sind Beweismittel. Auf dem Heimweg schmieden sie einen Plan.

„Wir können Fingerabdrücke vom Buch nehmen", schlägt Max vor.
„Oder wir vergleichen die Handschrift", meint Pepe.

Pepe hat schon einmal gesehen, wie Fingerabdrücke genommen werden. Im Fernsehen. Er holt Mehl aus der Küche.

Max verteilt das Mehl auf dem Buch.
Dann klopft er das Mehl vorsichtig ab.
An vielen Stellen klebt noch Mehl.
Das sind die Fingerabdrücke.

Mit Klebestreifen nimmt Pepe die Abdrücke vom Buch. Er klebt sie auf ein Blatt Papier. Nun muss die Lupe her. Angestrengt schaut Pepe die Abdrücke an.
Jetzt guckt Max. „Die sind ja alle gleich“, sagt er enttäuscht. „Und ganz verwischt. Das hat nicht geklappt.“

Was könnten Pepe und Max nun tun?

FIBEL
MEHL

„Vielleicht können wir den Täter durch die Handschrift finden", murmelt Pepe. Er weiß, dass jede Schrift anders aussieht.

Max grübelt. „Und wie sollen wir das machen? Soll etwa jeder Schüler etwas für uns aufschreiben?“
Das geht natürlich nicht, der Täter könnte seine Schrift verstellen.

Max macht eine Entdeckung

Am nächsten Tag reden Pepe und Max in der Pause mit Sigi.
„So kommen wir nicht weiter“, meint Max.

Sigi ist traurig und hat ein wenig Angst. „Ich passe auf dich auf", verspricht Max. Und er macht sich ganz groß. Er will genau beobachten, wer in Sigis Nähe kommt.

Nach der Pause kommen die Kinder zurück ins Klassenzimmer. Luca und Felix sind schon da. Plötzlich wird Sigi ganz bleich. Sie holt einen Zettel aus ihrem Federmäppchen.

Wieder eine geheimnisvolle Botschaft:
„Deine Stimme ist wech.“
„Das ist aber falsch geschrieben“,
überlegt Max. „Muss das nicht
‚weg‘ heißen?“

Schnell vergleichen Pepe und Max
die Zettel.
„Das ist die gleiche Schrift“, stellt
Pepe fest.

Beruhigend legt Max Sigi den Arm um die Schultern. „Ich beschütze dich.“ Dann flüstert er: „Ich glaube, ich kenne zwei mögliche Täter.“

Wen meint Max?

Nach der Schule treffen sich Pepe, Sigi und Max am Ententeich.
„Es gibt zwei Verdächtige“, sagt Max. „Luca und Felix Die beiden waren nach der Pause zuerst im Klassenzimmer.“

Sigi gibt Pepe einen dritten Zettel. Den hat sie in ihrer Schultasche gefunden. Darauf steht: „Ich warte auf dich!“

Sigi hat Angst. Sie muss auf dem Heimweg an der Eisdiele vorbei. Will jemand sie dort überfallen?

Die beiden Detektive begleiten Sigi nach Hause. Dabei überlegen sie. „Kann Felix die Zettel geschrieben haben? Weshalb war er im Klassenzimmer?“

Was hat Felix im Klassenzimmer getan?

Pepe erinnert sich: Felix kümmert sich um die Klassenbücherei. Er räumt in jeder Pause Bücher ins Regal.

Und Luca?

Luca macht in dieser Woche den Tafeldienst. Pepe und Max fragen sich: „Gibt es jetzt zwei Verdächtige oder gar keinen?“

Befragung der Verdächtigen

Pepe und Max warten vor der Schule auf Felix. Da kommt er schon.
„Hast du Sigi einen Zettel zugesteckt?“, platzt es aus Max heraus.

Pepe zeigt ihm eine der Nachrichten. Doch Felix schüttelt den Kopf. „Sowas mache ich nicht.“ Er drängelt sich an Pepe und Max vorbei.

Nach dem Unterricht suchen Pepe und Max Luca am Fußballplatz.
„Muss der so rennen?“, brummt Pepe.
Doch Max läuft Luca schon mit dem Zettel hinterher und fragt: „Hast du diesen Zettel geschrieben?“

Luca schüttelt den Kopf. „Ich mag gar kein Eis.“
Pepe findet seine Antwort verdächtig.

Was ist an Lucas Antwort verdächtig?
Schau dir das Bild auf S. 31 genau an.

Pepe und Max gehen zum Spielplatz nebenan.

„Luca hat gelogen“, erklärt Pepe.

„Er hat sich gestern Eis gekauft.“

Pepe bemerkt einfach alles!

„Felix hat seine Unschuld auch nicht bewiesen“, sagt Max. Nun sind es immer noch zwei Verdächtige.
Pepe beschließt: „Wir müssen den Täter durch die Handschrift finden.“

Am nächsten Tag entdeckt Sigi einen Zettel in ihrem Turnbeutel. Darauf steht: „Warum wahst du nicht da?“ Pepe schüttelt den Kopf. Man schreibt „warst“, nicht „wahst“.

Die Detektive erzählen Sigi, dass sie Felix oder Luca durch ihre Handschrift entlarven wollen.

Der Schriftenvergleich

Nach dem Unterricht schleichen Pepe und Max ins Klassenzimmer. Im Regal liegen die Schönschreibhefte. Lucas Heft ist grün. Felix hat ein blaues Heft.

Sie schlagen die Hefte von Luca und Felix auf. Jetzt ist der Täter überführt.

Wer ist der Täter?

Es ist Lucas Schrift. Pepe und Max zeigen Sigi Lucas Heft. Warum bedroht er Sigi?

„Luca ist sicher auf dem Fußballplatz“, meint Max.
Das gefällt Pepe gar nicht. Hoffentlich muss er ihm nicht hinterherlaufen.

Max und Pepe laufen zum Fußballplatz und stoppen Luca. Sigi kommt hinterher. „Warum schreibst du so böse Nachrichten?“, will sie wissen.

Luca sieht verlegen aus. „Das sind keine bösen Nachrichten“, sagt er. „Ich kann nur nicht so gut schreiben. Ich mache viele Fehler.“

Jetzt erklärt Luca alles. Er wollte Sigi schreiben, dass er sie toll findet. Und dass ihre Stimme so weich ist. Aber er hat „tot“ statt „toll“ geschrieben und „wech“ statt „weich“.

Luca nimmt seinen ganzen Mut zusammen. „Gehst du mit mir Eis essen?“, fragt er Sigi.

Am Nachmittag laufen Pepe und Max über den Marktplatz. Beide müssen grinsen. Vor der Eisdiele sitzen Luca und Sigi. Sie teilen sich einen großen Eisbecher. Der Fall der rätselhaften Briefe ist gelöst.